音程

Motoko Liebau-Nishida

INTERVALLE

西田リーバウ望東子

恩師諸氏
この歌の一連に登場する人々
または登場しない、しかし愛すべき友人たち
そして故人、家族の一人ひとりへ

音 INTERVALLE 程

*

目次

いつも晴れの日

カバーデザイン：Cécile Echard
挿画：Doris Kollmann
写真：Karin Albers

音　INTERVALLE　程

白鳥はゆらり飛び立つ足《あ》の裏を地球の春の水に濡らして

いつも晴れの日

第一章

窓

かならずよ　念を押しては家を出る如月二十九日の約束

北向きの窓開け放つ春鳥の羽が一枚アリバイならむ

明けがたの夢の謎なぞ外つ国のチューリップならことさら赤く

たをやかな女人のやうな春丘に氷河期以前の石のいくつか

地球儀のこめかみあたり車窓には長方形の冬から春へ

街

タクシーはもう出ただらうわたくしを迎へにナビの最新装置

胸高に鍵穴があるベルリンのコーブルグ街十二番地

あのころは壁の向かうの月の出も「東」のニュースのやうに見てゐた

平らかな街にあらざる坂道にかの日通ひし人の浮かび来

『幸せの道《Der Weg zum Glück》』へ頁は開かれて郊外電車に眠る人あり

駅

青春の吉祥寺駅無頼派のジーンズ娘が改札を出る

えんえんと地下コンコースを北口へ半世紀ほど歩き続けて

アレキサンダー駅から地上へ三分の〈世界の時計〉までずぶ濡れになる

「フクシマとチェルノブイリへのレクイエム」ポスターがある乗り換へ駅に

夕刻に花をもちゆく人がゐてもちろん花を受くるひとがゐる

金色のチョークを選び夕焼をぬりつぶしてゐる絵画教室

夕焼けは不揃ひのまま西口と東口にも薬局がある

夜をこめて中央駅に別れゆく恋人たちに白線はない

道

米開朗棋羅《ミケランジエロ》、達文西《ダヴインチ》、拉斐爾《ラファエロ》、帝斎亜諾《テイツイアン》の春の羅馬《ローマ》の雛罌粟《ひなげし》の花

その道をまつすぐローマ街道の標識があるそこで待つてて

翌日のかたちは未来形に言ふ　西西里島《シシリイたう》のお月さまの話

ポテオリの教会を出づ夕つかたパウロはそこを曲がつて羅馬へ

むかしむかしその会堂にチェリストのあなたの伴奏をしたことがあつた

教

み教へに「神は愛なり」夏服《セーラー》は青のギンガム福岡女学院

朝ごとの祈りに集ふ少女らの隊列崩れ一限に入る

薄紙に漢字カタカナびつしりと旧約聖書のユダヤの掟

初恋のひとはイコール失恋の人とふ解けない数式のまま

音階のからくり全音半音を知つてしまつた少女の思春期

語るべきことは語らずイースターの朝のたまごは黄色と緑

二度とないピアノレッスン百歳の恩師のねむいねむいゆふぐれ

陶器師はうつはの罅《ひび》を陽に翳しひかりをもらふある春の宵

音

ざくざくとりんごを齧る耳せんをしたまま全世界に音をたてて

一卵をそつと置くやうに白鍵の上へ五本の指をあづける

分散和音《アルペジオ》流麗に弾き終へるころ正午を告ぐるチャイムに起立

ゆふつかた鐘搏つ音に十四の少女のショパンを褒めて帰らす

秋の日のピアノの音はちよつとだけ天に近いよ天国のことだよ

美しいフォルテを君にと思ふときわたしの遠いとほいふるさと

第二章

家

父母《ちちはは》の国へ旅立つさんぐわつの春のたかだか二十日ばかりを

ちりちりと窓の裏面を雨糸が斜めに走る離陸の角度

どこからも入れさうで入れない不思議な家が売りに出てゐる

「クロロフィル美顔教室名島店」電信柱の赤い矢印

線香のにほひ流るる路地裏の近道をゆく母住む家へ

さうあつて欲しとがんがら大鈴の名島神社は海沿ひの町

肝を病む西牟田さんの注文にホットケーキはこんがり焼けて

ひとりではさみしからうや古家のひくく寄りあふ春の国ゆく

橋

子のわれもアベベ選手も足裏《あなうら》に記憶するあの勾配がある

助手席のフロントガラス雨つぶの故郷の橋を渡つてしまつた

岸辺まで水位があがる〈氾濫〉の総画数に指がたりない

濁りつつ淡水のまま流れ来てもうもどれない海のただ中

来たころはとんがつてゐた山やまもまあるくなつて帰る日がくる

言

女とも妻とも訳す一語あり〈ＦＲＡＵ〉と習ひき十七のころ

思春期はゆゑなきことも気にそまずたとへば父のフロイトの訳

どうしたつちや勝ち目はないね　ふるさとのだれかれなんぞ断固言ふとき

「やつてごらん」あのひとならば言ふだらう朝かたの夢におぼろに顕ちて

あまたなるドイツ語の辞書ベルリンのやましな書店に亡父の一冊

すくと立つ　独訳せむとそのやうに立てばひまはりやがて悲しき

神の童子

かなしみはひとつところに合ひ寄りて芽ぐみあからぶ春の消印

ゆりかごは白いレースに縁どられこの星の世の定位置にある

生れし日はすなはち命日簡潔な数字が並ぶ式の次第に

こんなにも小さな柩が置かれあるヴィオラのケースのおほきさほどの

ひえびえと臍の緒を抱き人肌にくたりと生まれ死んだと言はる

東方《オリエント》のエルサレムへ向け置かれある柩のなかの赤児の行く先

出棺のオルガン奏は〈メヌエット〉神の童子《わらし》のモーツァルトの曲

白函は白てぶくろに護られておくりびとらを先頭にゆく

葬列を遠巻きにして空洞《うろ》のありかくれんぼする約束だつたか

さやうなら楽譜《スコア》を裂きて鶴を折り春の墓処の盛り土におく

ゆりかごに指を触るれば銀色の鈴を鳴らして揺りかへしくる

欧

あはやかな恋もありけりいにしへの巴里のホテルはまだ二ツ星

春立つとふ暦にしるすマドリッド、イスタンブールに白雪の降る

予報士の右肩あたりベルリンに民族移動のやうな低気圧

幾万の難民が明日来るといふ欧州連合国の明日とは

女主人の愛用だつた一脚の椅子くづれゆく園の北方

わたしにも土踏まずがある欧州の地に触れざりしひとつところは

旧式な双眼鏡がずつしりと白鳥飛来のニュースが流れて

ゆるらかに隊くづしつつかりがねは€の文字に啼きあひてゆく

疒

ふたりして届けを出して階段を駆け降りた或る日八十年代

病名はAlzheimer《アルツハイマー》そのままで日本語になるわが辞書になく

あのころは「痴呆症」と言はれてた「癌」も空では書けない字だつた

事務的に羽毛のごときに手を添へて剃り落としたはきさらぎの朝

たまきはる命いとほし金虫は墓の日向に交尾終へたり

二人とふ字の重なりて夫となるそのかたわれに秋の空の雲

亡き夫*のＬＰレコード蚤の市に売られゐしこと一ユーロにて

*ギュンター・リーバウ、チェリスト

墓地へ行く路面電車はがたんごとんポインセチアの紅もゆれてる

さういへば二日あなたを忘れてたさう思ふときあなたを想ふ

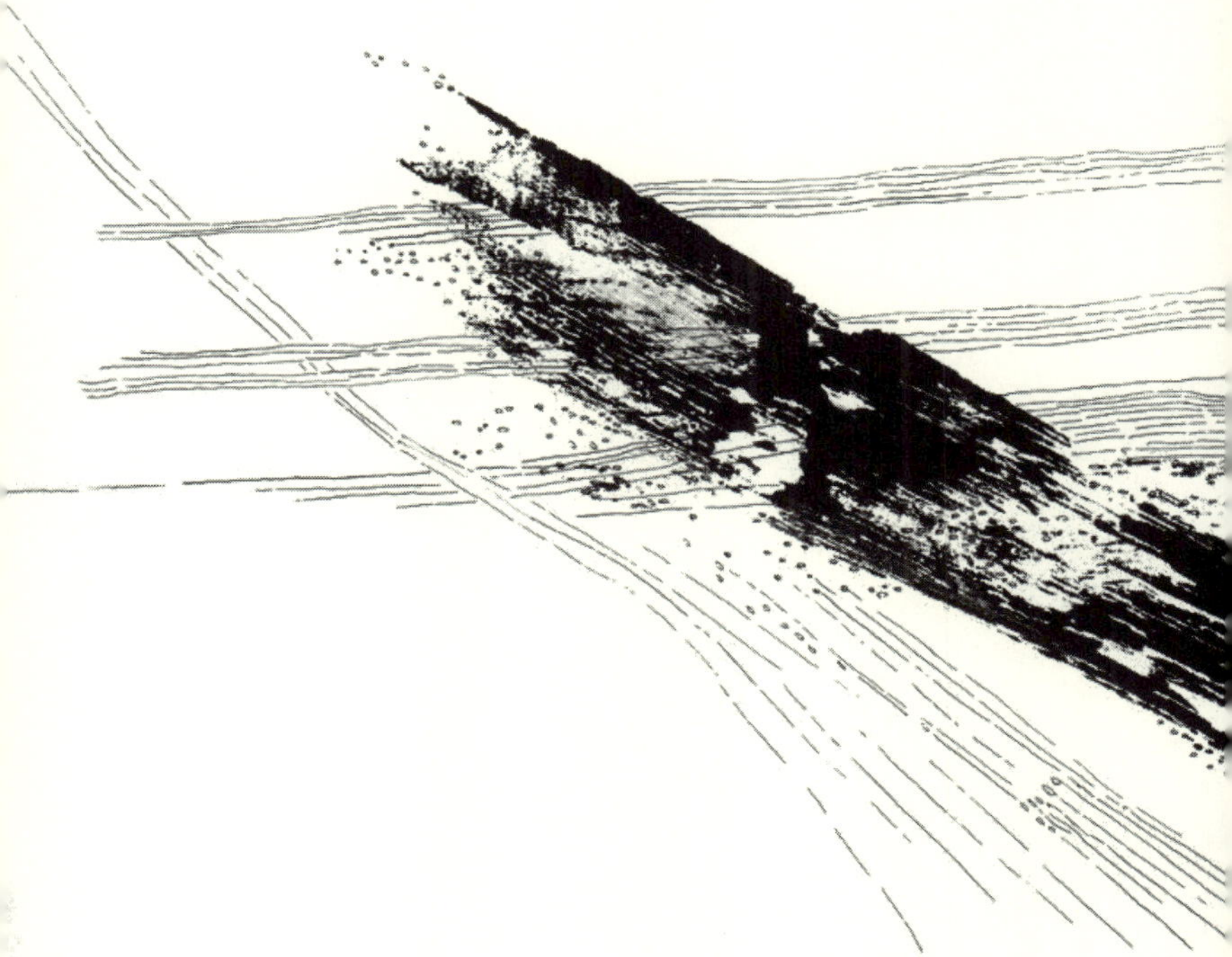

第三章

晒

そのやうな母であつてはならないと朝の六時に窓開け放つ

アフリカの太陽に晒すいろいろな吾の秘密が葡萄畠に

美しき国など非ず沿線の極貧の家の中までも見よ

海山の全容が欲し　２Ｂを４Ｂにして印度洋沖

ほんたうに遠いところへ行きたくて娘はアフリカに行つてしまつた

豹

半球の南の地図の折り山をぽんとたたけば海ひらけゆく

ぬつ、ぬつ、と億万年の岩山の向かうに迫《せ》り出すあふりかの月

間をおかず犬吼えゐたりこの国《南アフリカ》はふしぎな動物たちのこゑする

天国はすぐそこルーテル教会の鉄条網の門《かど》の呼び鈴

壇上に子はフルネーム《Vera Rosa Kazumi Liebau》で名を呼ばれケープタウン大学卒業す

永住といふ道もある欧州とアフリカはかつて陸つづきだつた

〈ベルリンへ一万キロ〉の矢印に沿ひ降りてゆく喜望峰より

しなやかな豹の切手を湿らせて絵はがきを書く二つの国へ

禽

展開部にそれはふしぎな動物があそぶ中洲の水の辺にゐる

けものらが穴ぐらにもどりくるさまにぞろぞろと弾いてみるへ音記号

なんだらう近づくほどに渚には海豚《イルカ》が腐《くた》れころがつてゐる

ジッパーは身の丈あまり新鮮な骸はくるみ運ばれてゆく

獣

乳吞み児に乳を拒みし春ありき四・二六チェルノブイリ

フクシマに多く降り行く人らゐてカタストロフはなかつたことに

過ぎし日の湯治の客の賑ひの声を連れくる風かもしれぬ

もう一度やつてみるかと立ち上がる姿勢がふしぎだ獣に似てゐる

ものを焼く臭ひがすると思ふ朝ありかねないが秋深まれり

客

ホロコースト、かつてユダヤ人が連行された家々の正面、石畳にはめ込まれた
十センチ四方の記念石。

ひとつ家に十ほど並ぶ「躓きの石」には十の名が彫《ゑ》られゐて

鈍色にふたつ揃ひて並みあれば夫婦でありし証なりけり

金箔の石、ベルリンではすでに四千五百個を越える

終焉の地も明らかにめぐりには百人ほどが額《ぬか》を寄せ合ふ

粗末なる一脚忘れ置かれありアウシュヴィッツの客びと《フランチェスコ教皇》の椅子

督

静けきは聖のひと文字金曜の夕べに持たすみるくパンひとつ

そのひとが生きてゐたなんて知らない人に基督が死んだ話をしてゐる

対岸に火を熾して春を待つわがひとり居に和するといふは

復活の朝の食卓いつまでを〈焼きたてのパン〉と言ふのだらう

いつも晴れの日

ダッハウの駅の正面眉山にマクドナルドのＭの目印

春通り平和通りをバスで行く３２６番ＫＺ《カーツェット》まで

ジョン・F・ケネディ広場を右へ矢印に強制収容所《KZ》犠牲者通り

見ることから始まるのです　ギムナジウムの教師は語る野外授業に

をさなごがアルファベットをひとつづつ切って読む　ARBEIT MACHT FREI《労働は自由にする》

案内の人に「けつこう冷えますよ」さう言はれてもてぶくろがない

嗚呼、嗚呼、とバラック屋根に灰色の鴉が一羽そこを左へ

一応の仕切りはあるがぎつしりと寝床が並ぶ柩のやうに

妻や子のイニシャルの彫り〈母《matka》〉の字はMに始まるポーランド語も

ジプシーの女らもゐた何某の嬰を孕みて産み屠りしと

屍のうち重なりて股あひに造花のごとく垂《しだ》れあるもの

『山上の垂訓《さいはひなるかな》』と思ひいたるまで亀の子文字の鋭角を撫づ

閉館のお知らせだらうバイエルンの土地の訛りに癒されてゆく

刈入れの鎌研がれあり死の神が野を廻《めぐ》りゆくいつも晴れの日

第四章

兆

ポケットに手をつつこんでその肘の角度であなたが近づいてくる

仮定すなはち「生きてをれば」とそれぞれに祝ふ結婚記念日がある

からつぽのキッチンの白い戸棚より蛾がひろひろと迷ひ出でたり

微熱だね　額に触れくる弾きだこが四つならんだチェロの指先

冒頭の音符は捨てろさうやつて生きてきたんだ俺は、と言ふひと

西方に兆しくるもの傘を手に行かなくてはとあなたが出て行く

餐

ミルクティーだつたわね　ひと匙のシュガーもすでに知り尽くされて

牛肉を煮込むためよ、　と念を押しあなたに頼む麦酒《ビール》のお使ひ

たなそこに臍の括れを押しあててちよつと歪な洋梨が好き

冬空を降り下りくるマナといふ不思議な食《フード》を手のひらに受く

ぬばたまの夜の始めにひとつ皿パンをいただく Mir zur Feier

リルケ『わが祝ひに』

耳よりな話

小枝にはことりのつがひ五線譜のピアニッシモはそれほどの春

このころは虫の翅音を云はれても聞こえてゐないすもものの木の下

「難聴ノ初期症状デス、独逸語ノ出来不出来トハ無関係デセウ」

DとT、PとF、まづドイツ語の不可欠子音がターゲットとなる

くちびるの動くを注意してをればOはOの型にすぼもる

だいこんを摩りおろし聴くぢつと聴くローエングリンの序曲だらうと

イスキヤに行かうよと君は温泉の話をもち出すある春の夜

凪

島ひとつ昼凪ぎわたりオレンヂの実熟れてより地に落つる音

一湾の弓形《ゆみなり》浅きひとところ秋水《しうすい》温く潮の寄せくる

十月の蟬だよ　君に言はれても聞こえてゐない十月の蟬

穏やかな海と思へど泳ぎ出で波のいくつか越えねばならぬ

落ちてあらばひろうてゆかなふたつみつ蜜柑まろべるペストゥムへの道

火

ちぢれ毛をまつすぐにする焼き鏝がぶらさがつてゐる午後のヘアサロン

この冬のすなはち夏の山火事に触れつつ愛のまなざしをせり

赤あかと炎煌く北九州工場地帯　静謐である

夕さりて漁火灯りゆく見れば能古の島こそあくがれやまぬ

黙

日の暮るるころは無口になるひとの膝に仔猫がゆるされてゐる

黙すとはあはれいづくの國語とも言はで黙しぬ一分ほどを

第五章

婚約

ディスプレイにケープタウンまで一直線十センチほどに要約されて

「お嬢さんの名は？」と訊かれて「体操のチャスラフスカ《一九六四年東京オリンピック》のベラです」と言ふ

お母さん、かぁ、こころもち引つぱつて呼ぶときどきの秘密のお話

アフリカと南極だけしか知らないと君はフィアンセ自己紹介に

外国《とつくに》のまた外国に住み経《ふ》りてゆく子の環境調査レポート

見送りの小さな家族この秋の南極行きの船が出てゆく

岬《ケープ》には岬の暮らし店先に薪の積まれて冬は来にけり

前夜

この春の新しきこと婿といふ漢字に迷ひルーペにひろふ

婚の日の近づき来ればなぜだらう動物園の檻を見に行く

今君がゐる其処はアフリカだよ、　と象はおほきな耳そよがせて

その朝のバージンロード子とふたり予め行く君のかはりに

あれがさうオリオン座　しどけなきさまに転がりてをり婚の儀前夜《ウェディング・イヴ》

花嫁

髪結ひの女ひとり来て婚の日の朝の鏡を磨きあげたり

花嫁のブーケにあをくうち混るサボテンのあり花道を行く

手放すはかういふことよ　新郎にどうぞ、とほどく花嫁の指

〈フィル&ベラの披露宴　本日のファームは終日貸切〉とあり

朱色にあらず娘の拇指に捺印の藍ながく残りぬ

あの空のあの方角だあふりかは　雁の別れに立ち会うてゐる

きんいろの力

初夏のあかるい朝《あした》　満載の難民バスが夢を出てゆく

ひたひたと人が集まるバス停に乗りそこなつたわたくしの過去

制服を脱ぐやうに紺、グレイなどうち掛けておく窓際に椅子

絶えまなく到達の兆し漕ぎゆけば少女時代の遠浅の海

おめでたの嬉しい知らせ間をおいて　でもね　それきり声にならない

足の裏の小さな手術だつたのよ　母の小さな足の創痕

卵管に宿るはあはれ子の胸の張りて疼くを繰りかへし言ふ

おほどかに仔牛に臀をさし出して乳を授くる　生きものふたつ

大きめの入日が似あふ難民の村はきんいろなのはなばたけ

乳首さへ黒ずむものを七週目ちさきいのちにメスが入りぬ

すすがれてワイングラスは逆さまに雫してゐる音なら嬰ハ《Cis》

遠い岸辺が近いと思ふ暮れかたの速度をさらに落としてゆかむ

ほら、こんなに大きな魚といふときも腕の長さを限界として言ふ

ルーツより吹きくる風のやや湿りアンコールに聴く〈マザーレス・チャイルド〉

半球をたがへて吾子の卵管のいづくに籠もり消えし蘖《ひこばえ》

大股に道のぼりゆく青年は古き聖画の預言者の裔

風のない昼どき戦ぐ旗それは菜の花のきんいろの力だ

振り返つてバスが来るのを見てゐた　未来に向かふはさういふことよ

ピアニスト

第六章

ア・ラ・ヴィスタ

くちびるは嗚呼のかたちにひらかれてロンドはくすり指で始まる

フロリダをハリケーンが過ぐエリカとふピアニスト兼女友だち

ア・ラ・ヴィスタ《初見演奏》一瞬もまた億年のかなしみに弾きまくつてしまふ

とほき日の連弾の指あひ触れて告げざりしまま別れ行きたり

諳んじて弾きゆく橡の枝ぶりに春は来るべし次楽章へ

ピアニスト　I

見送りも出迎へもないぱらぱらと拍手がおきる着陸のあと

歯ブラシをまた忘れたね　世界遺産スパッカナポリのあの雑貨屋へ

雑踏に消えてしまつたチェリストのチェロのケースの水色を追ふ

なだれ咲くブーゲンビリヤ払ひてもゆさりゆれくる呼び鈴がない

古楽器をよくする天使　円屋根のフレスコ画よりぬける青空

五人なら五つのテンポ母国語に〈いい塩梅《cosi cosi》〉といふ言ひ回し

〈無言歌〉の心境にある譜めくりはダリオの左一歩下がつて

一椀の朝粥のやうな左目が八分音符を決めかねてゐる

リハーサル終へ買ひ出しに路地裏へ男四人を食はせねばならぬ

もとよりは大きくゆれる桃色のナポリのシーツ潜りてゆかな

大皿にCima di rapa《菜の花料理》たつぷりのオリーブオイルに檸檬をぎゆつと

チマローザ

お隣のセシルと女友だちはこひびとらしい　さういふことか

ふたたびのチマローザあはれ秋花の忘れられたる雄花に近づく

ピアニスト Ⅱ

半開、否、全開《no a metà ma tutto》で行かう スタインウェイ・グランドピアノを遠巻きにして

本番はダリオのテンポつま先の尖つたお洒落なイタリーの靴

目を瞑り上半身を傾けてこころをのぞく体勢となる

すくと立つ五小節前「めくつて」の合図は無用タイミングの妙《めう》

ピアニストの母痴れゆきて楽章の終はり終はりに手を打ちゐたり

露地裏の狂騒曲だ皐月夜の窓あけ放ちフィナーレに入る

譜めくりに拍手はいらないチェリストのおほき背中にすんと納まる

あまやかな出だしは危険　敏捷な指がちよつと震へてゐたね

カルデラ

風の夜「もつと光を」つと立ちて火を点すにも四つ手がいる

おほつぶな眸の底ひカルデラの湖《うみ》の伝へに降りてしゆかな

ピアニスト　Ⅲ

南国の育ちにしては花の名をそらに言へない　なにがあつたの

ダリオ&ルカ、セシル&エミリ、透明な玻璃の器にあぢさゐの花

饒舌なナポリ人らのあひにゐて売り切れてしまつたピザ　春惜しむ

愛犬の名は〈ドレミちやん〉子をなさぬ男子二人の大切の犬

鋭角の影投げ出して仙人掌は樹のいきほひに天へ伸びゆく

をりふしの寂しき眼　往年のマストロヤンニ、ミケランジェリの

どうしても浪漫派になる　譜めくりは君にまかせて連れ弾きの夜

細ながの壜にオイルを注ぎつつピアーノ《そおっと》、ピアノ《そっと》と囁くやうに

フレスコの一部始終は語らずとかひな尽くして抱擁をせり

ぬばたまの闇市の夜に売れ残る極彩色のさんたまりや像

お別れに乗つてよと君に促されバイクは疾走《はし》る風は海から

第七章

春市

新雪を踏みて来たりぬ新しいピアノの生徒少年マイク

Wie teuer sind die Tulpen?《チューリップ、おいくらですか》　月曜の朝市に買ふひと束の春

去りゆくに時ありり錆びてあやふやな鋏を入れるラッパ水仙

遠くより来ることそして遠くまで行くその違ひを聴き分けて弾く

三日前あれはやつぱり冬だつたこの青空を春と呼ぶなら

天雨

いづくともなく集落の中ほどに教会の塔高からずあり

もろともに森やり過ごしかかはりもなき邑むらに雨降らす雲

ことはりもなく薬屋の看板の画《ゑ》濡らしゆく梅雨にあらず

なかんづくいくつもの肌断層に沁みこみてゆく　天の雨水

菜の花が終はればやがて向日葵のひとつ未来に通り過ぎゆく

低泣

ひと切れのパンの夕餉の卓上に遠国の師の『静かな生活』

ぼろぼろのアンテナを括り受信する六月の薔薇の六月が好き

九州の里なら急ぎ外にも出でこの温雨《ぬくあめ》に手打ちならすも

リベラメ《Libera me》は低くはじまる〈レクイエム〉泣き出しさうな夜のリベラメ

半旗

白木の箱を胸にいづくへぎつしりと葡萄と思へ滴りやまぬ

白ばらを手にまづ何処へ伯林の日本大使館半旗を垂れて

花序

再会はすなはち別れ西方の雨雲をさし来るものは来る

義妹《いもうと》は碧い眼だつた姪宛てに送るカードは黒い向日葵

ほんたうにちひさなチャペル花嫁と花婿を送り葬式を出す

リルケの『ドゥイノの悲歌』第十の悲歌

何処にか道もあるらむ　榛《はしばみ》の花序を講じてのちの夜の雨

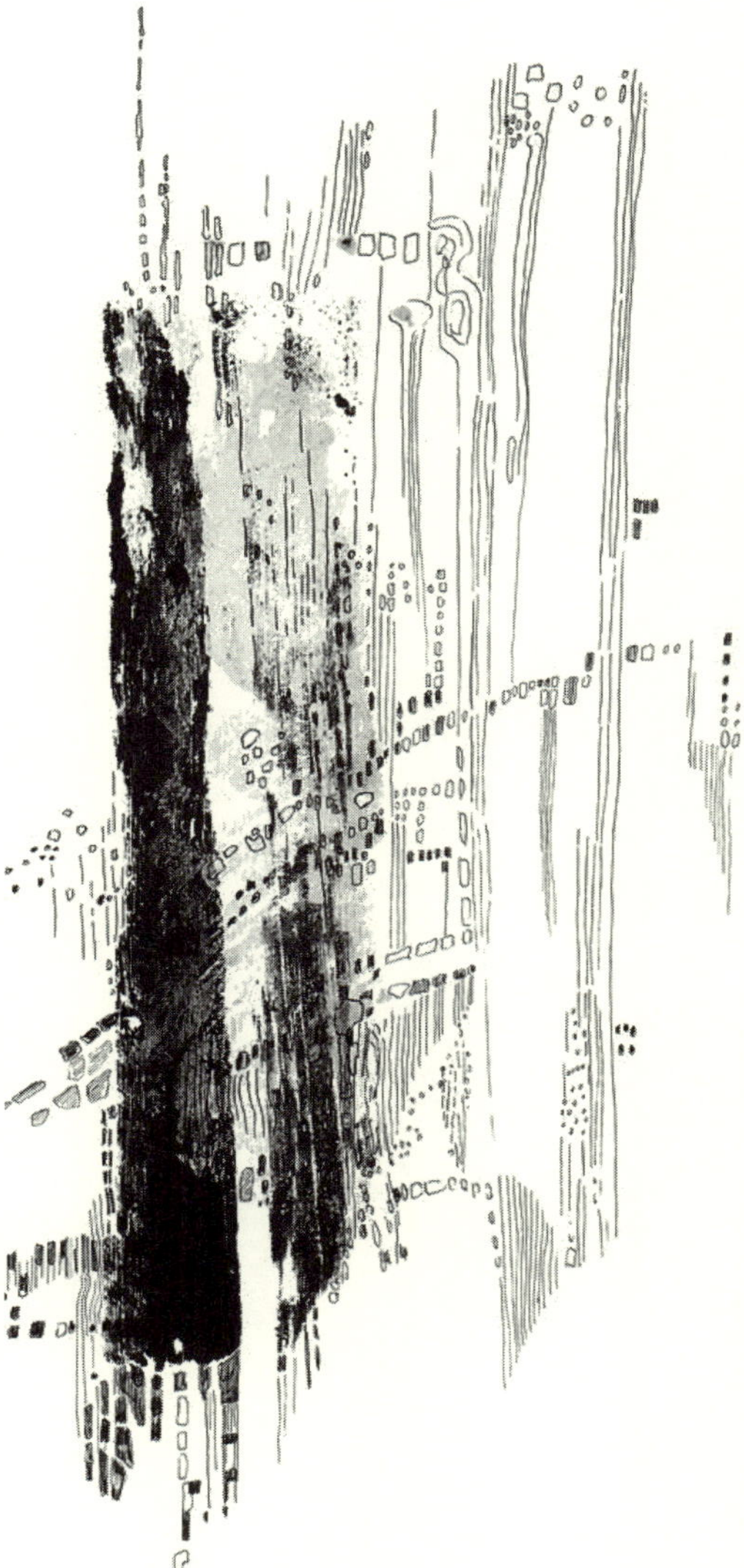

幻想は美しきかな伝説の完《をはり》のころに死にびとは来る

第八章

踊り場コンサート　I

駅前のパン屋にしませう〈ハチ公〉の広場がなければ夕方五時に

君と行くTREPPENHAUSKONZERT《トレッペンハウスコンツェルト》春の嵐と予報士の声

座ぶとんを二枚バッグにつめこんで知らないお家へ春寒の宵

敷石に露西亜系猶太人の名が刻まれてゐる表札代はりに

ユーゲントシュティル《青春様式》の舘冷えびえと陶磁に淡紫のあさがほ

階段より地べたがいいわ　座布団に正座して待つ第一曲目

二歳児がてふてふのやうにひらひらとほんのひとときわが指先に

をみなとは子を産み育て或るひと日目を瞑り聴く女声合唱

聖母とも与謝野晶子とも見ゆる孕みて児らを掻き抱きをり

昼墓苑

昼さがり墓苑の南入口をひろりと出づるてふてふに遇ふ

たまさかの夫婦でありしことはりに雑草《いらくさ》をぬく夏の宿題

風ぐるま風のある日はからからと子ども専用墓地の一画

十字架も小さ目　生没年月日は一行同じ数字に

それぞれの名が彫《ほ》られあり呼ばれても返事が来ないアンナやマリオ

瓶詰めのわんわんチャンのぬひぐるみ死んだ子どもの写真を抱いて

母であることに変はらず誕生日おめでたうのカードと花束

産み月の母親だらう子の墓に佇みてゐるまはれ風ぐるま

踊り場コンサート　II

藍色に白地のタイル壁づたひ厠の装飾文字の扉《と》に入る

これはもうオペラだ春の踊り場にメゾソプラノのシューマン歌曲

きだはしの二段目赤い絨毯をブーツの女が過ぎ行くを待つ

ゲシュタポのてらりと光る軍靴がたしかに上つて行つた階段

大足のゲルマン人も踊り場に膝をかかへて聴くギタリスト

連行の時間は極秘瓦斯燈の点りて消ゆるそののちの闇

間をおいて自動消灯する度にボタンを押してゐる指がある

技巧派ね　囁きあひてなにとなく頬杖をつくアンコール曲

夫婦ならひとつ屋根の下さうぢやない　アウシュヴィッツとテレージエンシュタット

約束よ　指をほどきておのづからこぶしを握る祈りのかたち

乗り換へのいつもの駅に黄桃色《ももいろ》の月のぼりゆく微かに欠けて

第九章

大脱走

ずんずんと若者が行くさういへばこのへんが鉄のカーテンだつたと

国境の鎖されてなほ流れゆく河あり渉り行く民がゐる

太腿と踵の間《あひ》のなきままに走りつづける青年の神《ヘルメス》

山羊たちは足枷をされ枯れ草を食む『大脱走』のテーマ音楽

すばらしく大きなうさぎだ雪の野を蹴散らしみんなプラハへ向かふ

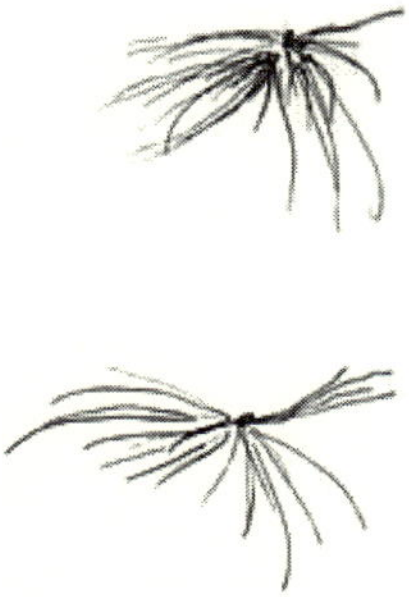

いにしえの
絹の道ゆくもの売りの
こゑ朗々と春の夕暮

奪はれし者と奪ひし者ありて乳房の尖りのなき女神たち

ベニンの勇気

Ⅰ

バッハなら〈フランス組曲〉艶やかにベリーダンスのをとめじふしち
ミュージック・キャンプが始まる〈エリーゼのために〉シリアの娘*のために

*難民の少女ベニン

ほんたうは西洋（彼らの）文化です　遁走曲《フーガ》に躓くいつもの予感

月づきのもの初日には青ざめて今日は踊らない踊れないと言ふ

その水脈《みを》はメソポタミアにあをあをと棘尖らせてろくぐわつが来る

銀《しろがね》の鉄条網こそかなしけれ野の畦道を国境として

エリザベス女王だ、まるで　スカーフを被りて行けば難民？　の視線

異教徒の若きをみなご教皇に足洗はれて口唇を受く

II

百人の雑魚寝と知れば夏までに行かねばならぬ家庭訪問

おほ祖父の族《やから》も住むとふアレッポの谷間へひと日分け入りてゆく

R社の面接試験ドイツ語で〈野薔薇《Heidenröslein》〉を歌つたベニンの勇気

くしやくしやの洟紙すでにあぢさゐは濃い紫のプロセスに入る

内定の知らせにベニンは虹の橋を渡つて行つたぢやあまたねつて

昨日までの指遣ひ1をまづ4に変へもう一度〈フランス組曲〉

郭公のひた啼く森の深きより音程《インターヴァル》として聴く耳ふたつ

ぼくたちも知らない歌をうたふだらう楽譜は風に儘めくられて

終章

追 Post Scriptum 伸

潮風に雨のまじりて仙人掌《さぼてん》の肉《しし》柔らなるコルシカの春

薊野にあまた真白き蝶群れて汽車はハルツの夏山に入る

夏至の夜のさ庭に友のつどひきて薔薇のかたへに椅子のいくつか

夕暮れて河の水面に金色の壺砕け散る佛羅倫薩《フィレンツェ》の秋

一九九〇年十月三日　東西ドイツ再統一

涅色《くりいろ》は君の肌いろバスでゆくわれらの街にもう壁はない

泉より泉へぼくら難解な青春の日の水汲みにゆく

解説　美しいフォルテ

中沢直人

美しいフォルテを君にと思ふときわたしの遠いとほいふるさと

フォルテを美しく響かせるのは難しいと聞いたことがある。細やかな意識を働かせて、濁りのない力強い音を聴衆に届ける。西田リーバウ望東子さんのこの歌集にはそんな印象がある。ピアニストとしてドイツで演奏活動を続け、ピアノを教えてもきた作者の強い意志を感じる作品群である。

予報士の右肩あたりベルリンに民族移動のやうな低気圧

未来入会まもない時期の一首。時代への批評がほの見える日常詠は、この歌集の重要な要素になっている。天気図の前に立つ気象予報士。その背後には東欧、足下にはシリアがある。大型で勢いのある低気圧の接近は、バルカン半島を北上する難民の動きを思わせる。首都でありながらドイツの辺縁近くに位置し、さまざまな地域と地続きの関係にあるベルリンの危うさを「右肩」が的確に言い当てている。東欧や途上国から吹きつける風にもろにさらされるロケーションである。

白鳥はゆらり飛び立つ足《あ》の裏を地球の春の水に濡らして
夕刻に花をもちゆく人がゐてもちろん花を受くるひとがゐる
ぬばたまの闇市の夜に売れ残る極彩色のさんたまりや像
薊野にあまた真白き蝶群れて汽車はハルツの夏山に入る

特徴的な素材や地名も多く登場する作品群だが、海外在住者ならではの歌という受け止め方は正確ではないと思う。うたわれる情景そのものの美しさと表現の緻密さ。なかでも「白鳥」の一首は、下句のスケールの大きな把握が加わって、歌集冒頭にふさわしい存在感のある一首になっている。白鳥の体の揺らぎ。花束を手にして歩く青年の物語。闇市の片隅で聖母像に出会い、ゲーテやハイネの旅した山地への道中、群れ飛ぶ蝶に目を向ける。鮮やかな色彩感覚と丁寧な観察眼が心に残る。

線香のにほひ流るる路地裏の近道をゆく母住む家へ
ひとりではさみしからうや古家のひくく寄りあふ春の国ゆく
来たころはとんがつてゐた山やまもまあるくなつて帰る日がくる

生まれ育った福岡は、西田さんの心の中で特別な位置を占めているように見える。母を訪ね、懐かしい界隈の変化に驚く。難病の配偶者をドイツで介護し、看取った作者にとって、古い木造家屋の密集する日本の地方都市の様子は、いとおしくもひどく頼りなく、寂しげなものと感じられたのではないか。三方を低い山に囲まれた福岡にあって、山は人々の日々の気持ちを映し出す。誰もが安心して暮らせる社会にはほど遠い日本の現状への懸念。違和感を覚えつつも、滞在するうちに故郷への愛着は強まる。「まあるくなつて」が帰国直前の心情を過不足なく表している。

たまきはる命いとほし金虫は墓の日向に交尾終へたり
そのやうな母であつてはならないと朝の六時に窓開け放つ
婚の日の近づき来ればなぜだらう動物園の檻を見に行く

「たまきはる」の一首、配偶者の眠る墓地であろう。美しい翅を重ねて金虫がつがっている。生きている時間のかけがえのなさ。精緻な情景描写によって、普遍的なテーマが説得力をもって迫ってくる。娘の結婚という特別な場面でも、この作者の歌はどこまでもすがすがしい。南アフリカの大学に学び、職を得てその地の男性と結婚するわが子。遠く離れた国に永住する決断を自然なものとして受け止められるようになるまで、屈折はあったに違いない。選択を縛ってはならないと自らに言い聞かせる。式の日が近づく中、「動物園の檻」を見に行く姿にはほどよい諧謔が感じられる。

くちびるは嗚呼のかたちにひらかれてロンドはくすり指で始まる

内定の知らせにベニンは虹の橋を渡つて行つたぢやあまたねつて

息を吸ってロンドを弾きはじめる作者。西田さんの短歌のリズムのよさは、いつも呼吸を意識して音楽を紡ぐ演奏家という職業と無縁ではないだろう。滑らかなしらべでうたわれるさまざまな情景の中、歌集の終わり近くに置かれた連作「ベニンの勇気」がとりわけ印象深い。ベニンは作者に音楽の手ほどきを受けた少女。ピアノ指導者は、学校や職場のしがらみから自由であるがゆえにかえって生徒の心に深く関わり、人生に影響を与えることがあるような気がする。面接試験でドイツ歌曲を歌い、内定を得たこの難民の少女は、おそらくピアノ教室に戻って来ることはない。そのことを直感しつつ、淡々と送り出す。爽やかな別れである。

一卵をそつと置くやうに白鍵の上へ五本の指をあづける

鍵盤上にしなやかに置かれるピアニストの手。音楽に向き合う厳粛な気持ちと楽器への信頼を「あづける」が鮮明に表現している。この作者の美しいフォルテにしっかりと耳を傾けたい。

時の雫・言葉の音で紡ぐ歌びと

作曲家・指揮者　山本成宏

あえて親しみを込めて〝私たち〟と言わせていただくことにしよう。私たちはかれこれ四十五年の長きにわたる人生の盟友である。

出会いは同郷の福岡での指揮者とピアニスト、その後作曲家としてヨーロッパの地にて研鑽する中、ベルリンで彼女に再会して以来、音楽活動を共にしてきた。

彼女は長いベルリンでの生活の中で短歌に出会い、新しい道を拓き、異国にあって日々の事象を歌に詠み、幾度となく「朝日歌壇」に入選を果たした。このようにしてヨーロッパでの生活と文化の中で生れた歌の数々は、「和と洋」が補色の色配合のような風合いを醸し出す短歌へと変容した。

このたび、その集大成ともいえる第一歌集『音 INTERVALLE 程』を出版された事は、盟友として何とも喜ばしい限りである。このタイトルは、いかにも音楽家の彼女らしい命名である。音楽での「音程」とは音と音との隔たりを言い、その間隔（二度、三度、五度など）によって喜びや悲しみ、安息と不安、神聖と魔性などを表す、すべてのハーモニーの要素であり単位であり様々な和音の響きの単色である。

彼女にとって『音 INTERVALLE 程』とは自分（私）という基音に対して自身に起きる事象との音信のインターバルを示しているのであろう。そして、言葉と言葉が「音程」のように出会う時に起こるイマジネーションの波紋や共鳴、干渉をも意味しているように思われる。彼女は日々の一刻の時の雫をセンシティブに捉え、作為を全く感じさせずに実直に個人の体験的リアリズムを視点とした歌を詠む人である。〝音楽を知る者は言葉を知る〞という名言にもあるように、音楽の源泉とは言葉から発するもの、彼女が音楽家であることと作歌活動を行っていることは同一線上にあり、「言葉の音で紡ぐ歌びと」であるといえる。

この歌集は、常に真正面を向き直線的に生きようとする彼女らしい歌の一連であり、その魂の自由さ故に歌が「自在」に繰られていくかのようだ。その一つひとつの歌はパラレル動画のようにめくられてゆく、西田リーバウ望東子の人生ドラマを映し出している。

最後になるが、私の好きな歌一首を挙げよう。

夕暮れて河の水面に金色の壺砕け散る佛羅倫薩《フィレンツェ》の秋

万華鏡の如く艶やかな装束をまとい幽玄の世界を舞う「能」に似て、終末の輝きに映える黄昏の中、生と死が波の律動に揺れ奏で響き合う。その悲しみの美しき衣、とでも言おうか、この歌は私にとって「音楽」そのものなのである。今後の歌にさらに深い晩鐘の響きを期待してやまない。

あとがき

ベルリンに住み三十五年が過ぎた。この地より日本へ向け短歌を発信するようになって十五年近くなる。今では私なりの日常の歌を「ドイツならでは」と評されてもさして気にならなくなった。

私の日常とはまず日本語をほとんど話さない、出会う人々によって言葉が変わる生活といえるだろう。言葉は常に向こうからやってくる。扉を全開にして迎える。そうした日々の生活の中では、仕事としての音楽が大きな比重を占める。ピアノに向かう時、ふと思いがけないイメージの世界に投げ出される。一瞬、浮かびくる想念を楽譜の余白に書き散らす。音楽と短歌の両立が可能であるとすれば、このようなひとりの時間のことだろう。言葉は響き合い、音楽は語られてゆく。一見非日常的な日常ではあるが、そこで出会った人々、また永遠の別れをした近しい人たちがいた。彼らはその折々の風景とともに、短歌という一行詩の中で「今」を自在に生きている。道はまだまだ続く。このささやかな歌集を読んでくださる方々とのさらなる出会いを期待してやまない。

山本成宏氏の推薦文にあるように、氏はタイトルの『音 INTERVALLE 程』について作曲家の視点から余すところなく書いてくださった。重複は避けるが敢えて言うならば、グローバルな「音程」としてのアジア、アフリカ、ヨーロッパ、人間関係では親子、夫婦、男と女、師弟、すべて対極をなす二物、あるいは三物の衝突、さらに生と死の奏する協、不協和音。そのような響きを感じ取っていただけたら幸いである。心の琴線は十分に長く、しなやかでありたい。

歌集上梓にあたり「未来短歌会」、特に師である岡井隆氏にこの場を借りて心からの感謝の意を表します。よき先輩でもある歌人、中沢直人さんには東京で二日にわたり実に的確な批評を、また歌評も含め解説文に多くの労を取っていただきました。歌集全体の構成に作曲の観点から多くの示唆をいただいた山本成宏さん、およそ三百年を経るチェロの木目も鮮やかな表紙を提供してくれたフランス人グラフィックデザイナーのセシル・エシャール、またドイツ人画家ドリス・コルマンによる繊細な美しい挿画の数々、写真家のカリン・アルバース氏、そして東京下北沢の「農民カフェ」で初校に目を通してくれた歌友の寺尾登志子さん、ありがとうございました。この歌集と並行して「ベルリン短歌会」の歌誌「歌のある庭」第一号も七年目にして同時刊行となります。月一回の歌会は私の心の大きなよりどころでもありました。

最後にユニヴェール参加にお誘いくださり、ベルリンと福岡の煩雑なやりとりもすべて快く引き受け、素晴らしい歌集にしてくださった田島安江さん、黒木留実さん、ほんとうにありがとうございました。

帰るとも行くとも言はぬ旅に出で秋のひと日をふるさとにをり

二〇一八年十月三日　ドイツ統一記念日

西田リーバウ望東子

■著者略歴

西田リーバウ望東子（にしだ・りーばう・もとこ）

1953年福岡生れ
1982年よりドイツ、ベルリン在住
2011年「未来」入会
「ベルリン短歌会」主宰

Motoko Liebau-Nishida
Koburger Str. 12
10825 Berlin, Germany

motokyoberlin@googlemail.com

本書収載歌の多くは「未来」(2011年から2018年、一部修正)、及び「朝日歌壇」、角川書店「短歌」、ながらみ書房「短歌往来」、歌誌「世界樹」(発行人渡辺幸一)などに発表したものです。

ユニヴェール9

音程 INTERVALLE

二〇一八年十月三日 第一刷発行

著　者　西田リーバウ望東子
発行者　田島安江
発行所　株式会社 書肆侃侃房（しょしかんかんぼう）
〒八一〇・〇〇四一
福岡市中央区大名二・八・十八・五〇一
TEL：〇九二・七三五・二八〇二
FAX：〇九二・七三五・二七九二
http://www.kankanbou.com info@kankanbou.com

DTP　黒木留実（BEING）
印刷・製本　シナノ書籍印刷株式会社

ISBN978-4-86385-340-9　C0092